REPONSE
A L'APOLOGIE
DU NOUVEL
ŒDIPE.

*Par M. M***.*

A PARIS, AU PALAIS,

Chez JEROSME TRABOUILLET, dans la
Gallerie des Prisonniers, à l'Image saint Jerôme,
& saint Hubert.

QUAY DES AUGUSTINS,

Chez la Veuve PAPILLON, à la descente du Pont
Neuf, prés les Augustins, aux Armes d'Angleterre.

<hr>

M. DCC. XIX.
AVEC PERMISSION.

RÉPONSE

A L'APOLOGIE

DU NOUVEL

OEDIPE.

YANT lû par hazard une feüille volante imprimée, qui a pour titre : *Apologie du nouvel Oedipe*. Je n'ay pû croire que l'Auteur l'ait communiquée à M. de Voltaire, qui est trop éclairé pour remettre ses interêts en de si mauvaises mains, je suis même persuadé que M. de Voltaire ne sçaura pas fort bon gré à M. Mannory de l'avoir si mal deffendu sans en avoir été prié.

Les termes injurieux dont cet Opuscule est rempli, me font préjuger que la Satyre seroit plus son fait que l'Apologie; encore les injures qu'il y seme sont-elles si grossieres, que je ne puis m'empêcher de penser qu'il ne réussiroit pas

A ij

même dans ce dernier genre d'écrire: Car dans la Satyre, *il faut mordre & non pas déchirer*: Et si vous ôtez les invectives à cet Auteur, vous le reduisez à rien.

Si le nouvel Apologiste avoit pris conseil de M. de Voltaire, je suis persuadé qu'il l'auroit empêché de mettre au jour un Ouvrage plus capable de nuire à sa piece, que d'augmenter l'estime qu'on en a si justement conçûe: mais il n'a consulté que lui-même: & s'est crû en droit d'applaudir à ce qu'il étoit bien éloigné d'entendre: Cet Auteur seroit en quelque façon digne d'excuse, s'il ne se fut attaché qu'à remplir le titre qu'il donne à sa matiere, & s'il n'eût parlé qu'en general, sans prendre à partie ceux, à qui, dit-il, il veut bien faire l'honneur de répondre, & avec qui M. de Voltaire a gardé plus de ménagement.

Si ce libelle me paroissoit digne de réponse, je n'aurois garde de parler, & j'abandonnerois à d'autres le peu d'honneur qui me reviendra d'avoir critiqué ce qui ne méritoit pas d'être lû ; aussi ne le fais-je que par rapport au Libraire qui demeureroit chargé d'une Impression dont personne ne voudroit, si quelqu'un n'engageoit le Public à prendre quelques moments de divertissement dans la lecture d'une telle Apologie.

M. Mannory croit que la qualité qu'il prend d'Avocat au Parlement, donnera à son Apologie le sens qu'il n'a pû lui donner. Il se flatte sans doute que ce titre honorable servira de passeport à son libelle : mais il se trompe, & il a grand tort de s'imaginer que son nom fera applaudir à son Ouvrage. On sera certainement surpris de voir qu'un Avocat ait fait un si mauvais essai de sa Plume, cela le convaincra lui-même de la diffe-

rence qu'il y a entre la traduction & l'Apologie :
Et il se gardera bien (s'il est sage) de rien mettre
au jour dans la suite, ayant trop mal réussi pour
oser faire une seconde tentative.

Je le plains d'avoir mis son nom à la tête de
son Libelle, il en sera assez puni, & se repentira
à loisir de n'en pas retirer la gloire qu'il s'en étoit
promise ; il auroit dû faire ces réflexions, avant
que de se faire imprimer : Mais les jeunes gens
sont susceptibles de vanité, & il n'y aura non plus
que sa grande jeunesse qui lui puisse servir d'excuse ; sans quoy le Public lui demanderoit compte
d'un si mauvais Ouvrage.

Si moins entêté de ses sentimens, il eut consulté sur son Apologie quelque Censeur severe &
desinteressé : ce veritable ami en auroit retran-
ché tout l'inutile dont il est remply, ou plûtôt
en auroit empêché l'impression. C'est Despreaux
qu'il est si soigneux de citer, & dont il suit si peu
les préceptes qui lui donne l'avis suivant.

Despreaux
Art. Poët.

L'Ignorance toûjours est preste à s'admirer.

Faites-vous des amis prompts à vous censurer.

Qu'ils soient de vos écrits les confidens sinceres,

Et de tous vos défauts les zelez adversaires

Dépoüillez devant eux l'arrogance d'Auteur :

Mais sçachez de l'ami, discerner le flateur.

Tel vous semble applaudir, qui vous raille & vous joüe.

Aimez qu'on vous conseille, & non pas qu'on vous loüe, &c.

. . . .

Ecoutez tout le monde, assidu consultant.

Un Fat quelquefois ouvre un avis important.

. . . .

...... aimez qu'on vous censure

Et souple à la Raison, corrigez sans murmure.

A iij

Un avis si important n'étoit point à negliger, & l'Auteur s'en seroit bien trouvé, s'il l'eut suivi : il auroit même pû en demeurant dans l'independance, d'où sa présomption ne lui permettoit pas de sortir, suivre les regles si certaines que prescrit Despreaux à un Auteur curieux de l'approbation du Public.

<table>
<tr><td>Despreaux
Art. Poët.</td><td>Hâtez-vous lentement, & sans perdre courage.
Vingt fois sur le métier remettez vôtre Ouvrage,
Polissez le sans cesse, & le repolissez ;
Ajoûtez quelquefois, & souvent effacez.</td></tr>
</table>

Si M. Mannory avoit pris pour lui ces instructions, & en eût profité, il auroit sans doute mieux reüssi ; & par consequent se seroit autant fait admirer, qu'il va s'attirer de Critiques. J'aime mieux le renvoyer à ce celebre Auteur pour s'instruire, que de luy faire des citations dont il me sçauroit mauvais gré, les regardant fort au-dessous de son esprit, puisqu'il n'a pas daigné en faire son profit.

Je doute fort que M. de Voltaire le remercie du zele indiscret qu'il a fait paroître à son égard, & j'ai peur qu'il ne le rende responsable des revers que sa piece pourroit avoir dans la suite : peut-être est-ce la premiere vûë que l'Auteur a eûë, lorsqu'il a formé le plan de son Apologie ; & que la jalousie qu'il a secretement conçuë de voir briller un amy, que ni son âge, ni son esprit ne lui permettroient jamais d'égaler, l'a fait tout entreprendre pour ternir, ou du moins pour effleurer sa reputation. Il faut croire qu'à l'avenir, il sera plus circonspect, & le mêpris & les risées qu'il va s'attirer, lui ôteront l'envie de se distinguer dans la suite par quelque nouvel Ouvrage. M. de Voltaire peut tenir l'effet de ſes promeſſes, ſans apprehender d'avoir d'avantage une ſi foible caution, & un ſi dangereux deffenſeur. Pour moy je lui conſeille de plûtôt s'attacher à meriter les applaudiſſemens du Public, & à ſe faire diſtinguer par ſon aſſiduité à bien remplir les devoirs de ſa Charge, qui deviendroient incompatibles avec les affaires que lui feroit le Public, s'il receloit plus long-temps la qualité d'Auteur, qu'à vouloir par de mauvaiſes raiſons, engager le Public à ſe recrier ſur la beauté d'un Ouvrage qu'il a tâché de fletrir.

Quel beſoin en effet avoit-t-on de ſon Apologie, & quel but s'eſt-il propoſé en la mettant au jour ? Etoit-ce pour procurer de nouvelles loüanges à l'Auteur ? Eh ! la reconnoiſſance publique que M. de Voltaire a marquée, n'eſt-elle pas un témoignage autentique que tout Paris n'a point attendu d'ordre pour lui rendre juſtice : L'on n'avoit pas beſoin des lumieres de l'Apologiſte pour prévoir que M. de Voltaire augmentera dans la ſuite de plus en plus, l'eſtime qu'on a, tant pour la beauté de ſon genie que pour ſon merite : eſtoit-ce pour la faire tomber ? pour moi c'eſt mon ſentiment : mais le piege étoit trop groſſier pour s'y laiſſer prendre & l'artifice trop viſible pour s'y laiſſer ſéduire. J'avoüe que c'eſt trop approfondir & m'écarter du ſujet que je me ſuis propoſé, qui eſt de faire ſentir le vuide de l'Apologie de cet Auteur ; je m'entens même demander la preuve de ce que je viens d'avancer, il eſt juſte d'y ſatisfaire, & c'eſt ce qui va m'occuper juſqu'à la fin.

Si l'Anonyme que l'Auteur entreprend de confondre, & avec qui il n'obſerve nulles regles de retenuë ni de bienſeance, ne peut paſſer dans ſon esprit *pour un homme de lettres* ; je ne sçai pour qui il va passer dans celui du Public, qui le jugera plus severement qu'un autre, & dont il ne pourra éviter la condamnation , de quelque douceur que son jugement soit remply : mais peut - être que loin de le juger, il sera trop heureux, s'il se donne la peine de le lire , apprehendant fort que le mépris qu'il pourra faire de son Ouvrage , ne lui ôte les moyens de corriger ses fautes.

L'Auteur *veut bien faire l'honneur de répondre à l'Anonyme*, il sera peu honoré d'une telle réponse, il n'y pourra apprendre qu'une nouvelle maniere de complimenter , qu'il se gardera pourtant de suivre jusqu'à ce que l'Apologiste l'ait fait recevoir en usage.

M. de Voltaire ayant bien merité la jalousie d'un Amy ; il est assez vrai - semblable que les Etrangers soient jaloux d'un genie si heureux ; Mais les vûës de l'Anonyme & celles de l'Auteur étoient bien differentes , & tous ses efforts n'ont tendu qu'à obscurcir le nouvel éclat qu'il venoit de donner à la nouvelle Tragedie d'Oedipe, ne croyant pas qu'un Auteur goûté du Public aimât mieux un Critique sensé , qu'un mauvais Apologiste.

J'ai peur *que l'Auteur ne se soit joüé lui-même à son maître.* Car quoi-qu'il ignore, selon lui, bien des choses , il a du moins cet avantage sur lui qu'il sçait parler François ; & quelques grossieres que soient les injures qu'il lui reproche, elles disparoissent dés qu'on les met en paralelle avec les siennes : peut-être pourroit-il avant qu'il sçût parler & écrire juste, parvenir à imiter M. de Voltaire.

L'Anonyme prévoioit que M. de Voltaire recevroit des applaudissemens contre lesquels il seroit

foit plus neceffaire de fe mettre en garde, que contre toutes les Critiques les plus outrées qu'on
pourroit faire de fon Ouvrage : mais nous n'avons
rien à craindre pour fa gloire de la part d'un fi
foible Adverfaire, qui, quoique mafqué, n'écha-
pera pas à fa pénétration ; & la honte qu'il aura
de fe voir confondu, vangera affez ceux à qui il
prête toutes les injures, dont fon Libelle, qu'il
donne fous le nom d'Apologie, eft rempli.

Les Talens de M. de Voltaire s'étendent fur
tout : mais les fiens fe remarquent fi peu, qu'on
ne fçait quel emploi donner à fa Plume, pour
loüer elle eft trop Fade, & trop Satirique pour
critiquer, d'un côté elle tend à avilir le merite de
celui dont elle entreprend l'éloge, & de l'autre,
elle fe fait autant d'Ennemis, qu'elle rencontre de
perfonnes fenfées & ennemies du menfonge.

Apprenez qui que vous foyez. Ne vous attendez-
vous pas au raport de quelque prodige étonnant ?
Pour moi j'ai crû que l'Auteur nous préparoit à
quelque chofe d'effrayant dont il alloit nous faire
le recit : mais non ; cette expreffion qui pro-
mettoit tant, fert feulement à nous apprendre
qu'il embraffe le party de dire de fanglantes injures à tous ceux qu'il trouvera en fon chemin.
De forte qu'on peut rapporter à fon occafion ces
deux vers de Defpreaux.

Que produira l'Auteur aprés tous ces grands cris?

La Montagne en travail enfante une Souris.

Je fuis perfuadé que lorfque l'Auteur fe trou-
vant defabufé, jettera la vûë fur fon Ouvrage, il
reconnoîtra lui-même fon peu de jugement ; &
que la bonne opinion qu'il avoit jufqu'alors con-
çûë de fon efprit, fe diffipant en fumée, il fe fau-
ra trés mauvais gré de fa temerité, & formera

B

une forte resolution de ne rien mettre dans la
suite au jour , qu'auparavant il n'ait acquis plus
de sçavoir, & ne se soit mis du moins par la défiance continuelle qu'il aura de son peu de talent,
au-dessus des plaisanteries qu'on ne sçauroit man-
quer de faire sur sa maniere d'écrire ; & cela le
surprendra d'autant plus , que c'étoit à quoy il
étoit bien éloigné de s'attendre.

La maniere dont l'Auteur s'y prend dans la Satyre de la Critique qu'il fait , au lieu d'une Apologie qu'il s'étoit proposé de donner, est une preuve plus convaincante , que tout ce qu'on pourroit rapporter ; & de plus , comme la preuve ne
s'admet que dans le doute où l'on est d'une chose,
je croi qu'on n'en aura pas beaucoup de besoin; &
que l'Ouvrage sans subir un rigoureux examen,
fera cesser les contestations qu'on pourroit avoir
sur sa bonté.

Je prie le Lecteur de n'être point surpris , si
m'ayant entendu donner des loüanges à M. de
Voltaire , il me voit dans la suite relever quelques défauts que le feu & la vivacité de son esprit l'ont empêché d'appercevoir , & qui n'ôtent
rien à la beauté de son Ouvrage, (les plus goûtez
n'en étant pas exempts,) ni ne diminuent en aucune façon l'estime qu'il s'est acquise : le Public
étant bien éloigné de se repentir d'avoir égalé
aux plus celebres Auteurs celui qui dans la suite
pourra les surpasser.

M. de Voltaire dans la Critique qu'il a fait lui-
même de sa Piece, s'annonce , pour ainsi dire , les
loüanges dont il prévoit être bien-tôt comblé ; il
ne touche que les endroits qui étoient trop visi-
bles pour pouvoir échaper : il étoit bon que quelqu'un épluchât sa Piece , & lui montrât au doigt
les défauts qu'il s'étoit voulu cacher ; mais il fal-

loit uſer d'un peu plus de moderation , & c'eſt ce qu'on trouve rarement chez un Cenſeur , ſur tout quand il croit que l'Auteur a voulu d'un côté s'épargner , & de l'autre excuſer les défauts qu'il a reconnus.

L'Auteur du nouvel Oedipe aïant negligé de ſe défendre , & de répondre à ceux qui attaquant ſa Piece , ſembloient en vouloir au nom qu'il s'étoit acquis. Il étoit à propos que quelqu'un prit en main ſa défenſe , & celui qui s'en chargeoit , devoit examiner ſerieuſement que le pas où il s'engageoit , étoit dangereux & gliſſant ; il devoit prévoir que tous les adverſaires de M. de Voltaire alloient devenir les ſiens ; & que ſi celui qu'il entreprenoit de deffendre , ne ſe joignoit à lui & ne ſe ſoûtenoit , il ſe verroit bien-tôt confondu & hors d'état de pouvoir ſe juſtifier & de montrer ſur quel fondement il avoit pris à partie ceux qui ſe croyoient trop au-deſſus de ſa Critique pour s'attendre à lutter contre lui. Voilà juſtement ce que n'a point fait M. Mannory , & il n'eſt pas ſurprenant que n'ayant pris conſeil de perſonne , il ait ſi mal réuſſi.

Je ne rapporte point *les meilleures preuves* que nôtre Auteur donne de la bonté & de l'éxactitude de l'ouvrage qu'il prend ſous ſa protection ; je me contente de lui dire que ſi on a reproché à Racine d'avoir fait de fades Elegies , du moins ne lui a-t-on jamais reproché d'avoir fait des diſcours ſi mal conſtruits , qu'on ſe perd en voulant trouver le ſens dont ils ſont dépourvûs : M. de Voltaire n'a point à craindre à la verité de pareils reproches , auſſi ne s'adreſſent-ils qu'à l'Auteur , & il lui eut été plus avantageux *de penſer aprés les autres, & d'emprunter une ame* , que de ne rien dire de bon en penſant tout ſeul.

Si l'Auteur avoit lû la nouvelle Tragedie d'Oedipe, il auroit vû que dans les trois premiers Actes,
Jocafte ne dit qu'un feul mot de fon fils, qu'elle
ne commence a en parler plus au long que dans la
premiere Scene du quatrieme Acte, il auroit ob-
fervé qu'elle ne reconnoît Oedipe pour fon fils
que dans la cinquiéme Scene du dernier Acte, c'eft
donc une contrarieté de la part de l'Auteur, de
vouloir que dans les trois premiers Actes *Jocafte*
compatiffe pour fon fils, puifqu'elle n'en parle qu'en
paffant.

Il faut que l'Auteur foit bien hardi, pour ofer
avancer *que M. de Voltaire rend au Theatre l'éclat*
qu'il avoit perdu depuis fi longtems. Bien loin que M.
de Voltaire convienne de ce fait, il avoûë qu'il eft
redevable aux Acteurs qui ont les premiers repre-
fenté fa piece, de l'éclat & du fuccés qu'elle a eû, la
derniere Reprefentation au Palais-Royal prouve
affez ce que j'avance, il lui attribuë par là plus de
préfomption qu'il n'en a, & lui fait meprifer des
Auteurs & des Ouvrages, pour qui, à l'éxemple
du public, il confervera une eftime finguliere : Il
a fans doute voulu dire que le nouvel Oedipe y
avoit ajoûté quelqu'éclat ; car le nombre infini de
pieces, telles que font Cinna, Athalie, Mitridate
le Cid, Andromaque, Polyeucte, Britannicus &
les autres, prouvent le contraire de ce que l'Auteur a la temerité de dire fans ombre de raifon, &
c'eft de ces Ouvrages dont parle Defpreaux quand
il dit :

Defpreaux ... qui toûjours plus beaux, plus ils font regardez,
Art. Poët.
Sont au bout de vingt ans encore redemandez.

Mais M. Mannory eft digne d'excufe, le peu
d'ufage du monde qu'il fait remarquer, nous con-
vainc affez de fon peu de difcernement, & nous

fait paſſer par deſſus bien du foible qu'on auroit mauvaiſe grace de faire ſentir.

L'Auteur faute de s'être éxaminé pouſſe trop loin ſa Critique, qu'il prenne parde que ceux *qu'il traite d'Ecolier*, ne prennent avec lui le titre de Maître, & ne lui montrent à lui-même trop de baſſeſſe dans ſon Apologie pour laiſſer lieu de croire qu'il ait jamais goûté ceux qu'il pretend rabaiſſer ſi fort.

L'Anonyme reprend M. de Voltaire *d'avoir attribué des extravagances à Sophocle*, & l'Auteur prétend le juſtifier, en diſant qu'il fait voir dans le Poëte Grec *un tiſſu d'abſurditez*, il apprehendoit apparemment que le Lecteur ne pût trouver de termes aſſez ſignificatifs pour donner à ſon Apologie le nom qu'il lui entend à préſent ſi juſtement donner.

L'Auteur de l'Apologie va même juſqu'à impoſer à l'Anonyme d'avoir reproché à M. de Voltaire *de n'entendre point le François de M. Dacier* : mais il auroit pû ſe paſſer de relever bien des choſes, qui, par la mauvaiſe explication qu'il leur donne, nous decelent clairement la malignité de ſon genie, & quel étoit le but de ſon Apologie. L'Anonyme reproche à l'Auteur du nouvel Oedipe de ne pas entendre Sophocle *dans* le Francois de M. Dacier, & je trouve que ce mot *dans* que l'Auteur a omis, fait plus l'éloge de M. Dacier, que tout ſon mauvais raiſonnement ne fait celui de M. de Voltaire. En effet, M. Dacier pourroit paſſer pour le Phœnix des Auteurs, ſi ſon ſtile étoit au deſſus de la portée de M. de Voltaire : Qu'il ſe deſabuſe donc qu'un Auteur ſoit mauvais, parce qu'il ne l'entend pas ; car ſur ce principe il en trouveroit trés peu de bons.

Je m'étonne comment l'Auteur oſe entrepren-

dre la deffense du personnage de Philoctete , &
vouloir montrer qu'il n'a aucun des défauts qu'on
lui reproche; M. de Voltaire dans la Critique qu'il a
fait lui-même de sa Piece , a voulu s'épargner sur
cet article, parce qu'il s'attendoit que d'autres l'en
feroient assez convenir: En effet, outre que le rôle
qu'il jouë , n'est ni preparé ni menagé , on ne peut
le regarder (quoi-qu'en dise nôtre Auteur) que
comme un fanfaron qui parle au Roy avec trop
peu de respect & trop d'emportement; comme un
homme enfin remply de Rodomontades , & qui
ne se soûtient pas.

On ne voit pas où la défiance de Pauline offre
une contradiction marquée, son pere lui dit, en
parlant de Severe :

il faut le voir, ma fille,
Ou tu trahis ton pere & toute ta famille.

A quoy elle répond ;

C'est à moy d'obeïr puisque vous commandez,
Mais voyez les perils où vous me hazardez.

Et ensuite , aprés que son Pere lui a dit :

Ta vertu m'est connuë,

Pauline répond ;

Elle vaincra sans doute ,
Ce n'est pas le succés que mon ame redoute ,
Je crains ce dur combat, & ces troubles puissans
Que fait déjà chez moy la révolte des sens.

Je ne vois rien là qui ne soit digne d'admiration
& d'un grand éxemple pour Jocaste, mais il n'est
pas surprenant que l'Auteur étant rempli de con-
tradictions, en trouve chez les autres, car c'est
dans le tems qu'il croit reprendre une faute qu'il
en commet une plus lourde , & son manque de

diſcernement l'engage à chercher dans Corneille
les bons endroits pour les blâmer , & le fait entreprendre de juſtifier dans le nouvel Oedipe les défauts que M. de Voltaire a reconnu lui-même.

Il ne paroît pas que Jócaſte ſoit occupée ni du
ſoin de ſa gloire , ni du ſalut de ſon Peuple , dans
le tems qu'elle dit ;

. . . . on dira que je le lui ſacrifie

Ma gloire, mon époux , mes Dieux & ma Patrie ,

Que mon cœur brûle encore . . .

Au contraire elle ne paroît occupée que du ſoin de
conſerver la vie à un homme qu'elle a autrefois
aimée , & qu'elle aime encore : Les diſcours
qu'elle tient en diſant à Philoctete ,

Oubliez ces Thebains que les Dieux abandonnent ,

Trop dignes de périr depuis qu'ils vous ſoupçonnent ;

montrent aſſez qu'elle lui ſacrifie tout ce qu'elle
doit avoir de plus cher , pour moy je trouve ſon
caractere bien different de celui de Pauline , & on
ne la voit point avant que de voir Philoctete , dire
à l'exemple de Pauline :

Mais puiſqu'il faut combattre un ennemi que j'aime ,

Souffrez que je me puiſſe armer contre moi-même ,

Et qu'un peu de loiſir me prepare à le voir.

Mais comme l'Auteur a paru épargner l'Anonyme en cet endroit , il faut en uſer de même avec
lui , la matiere offre aſſez de quoi parler dans l'article ſuivant.

L'Auteur veut prouver contre toute raiſon que
Jocaſte auroit joüé un rôle inſipide , ſi elle n'avoit eû du
moins le ſouvenir d'un amour legitime , & ſi elle n'avoit
craint pour les jours d'un homme qu'elle avoit autrefois

aimé. Il eut été plus feant à Jocaste d'oublier *cet amour legitime*, dans un tems où la confternation étoit devenuë fi grande, que l'Etat fe trouvoit prefque dépeuplé par la pefte ; l'apprehenfion où elle auroit dû être que fon époux ne reffentît l'effet de la colere des Dieux : fa vie qui n'étoit pas plus en fûreté que celle de fon Peuple, devoient, ce me femble, lui ôter le fouvenir de *cet amour legitime*, qui devenoit pour lors illegitime, & de plus la compaffion qu'elle devoit avoir pour l'état déplorable où fes fujets fe trouvoient réduits, les foins qu'elle devoit apporter pour tâcher de mettre fin à leur mifere, toutes ces circonftances la devoient empêcher de prendre tant de part à Philoctete, & de lui facrifier le refte des Thebains : je penfe que tous ces motifs prouvent affez qu'on ne fçauroit raifonnablement donner de l'amour à Jocafte, le fujet ne fourniffant que trop de lui-même.

L'Auteur de ce Libelle trouve mauvais qu'Oedipe foit regardé comme un Homme qu'on ne fçauroit définir, comme un Prince qui tantôt eft fage & moderé, tantôt foible, qui devient tout d'un coup furieux & emporté, & dans lequel on remarque pour ainfi dire de l'impiété : il prétend le juftifier d'une partie des défauts qu'on lui trouve, car pour l'impieté qu'on lui reproche, il n'en dit mot, il prétend donc *que la difference des fituations fait parler differemment un homme toûjours égal à lui-même, qu'Oedipe eft moderé dans la bonne fortune, & que fes malheurs lui arrachent de juftes plaintes,* & de là il conclud qu'Oedipe n'eft capable d'aucune inégalité.

Oedipe dans le premier Acte eft un Prince touché du malheur de fes Sujets, qui voudroit feul reffentir la colere des Dieux, il eft preft à tout entreprendre pour découvrir le meurtrier de Laïus;

il conjure les Dieux de ne pas laisser le coupable
impuni, il va enfin, dit-il, interroger & les Dieux
& les hommes pour pouvoir tirer vengeance d'un
tel crime. Jusqu'icy on ne lui peut rien reprocher.

Dans l'Acte second, Oedipe accuse Philoctete
avec trop peu de fondement, quoique dans le
fond il le croye innocent, mais il ne répond pas
en Roy à la maniere dont Philoctete prétend se
justifier.

Dans le troisiéme Acte, Oedipe vient faire ré-
paration d'honneur à Philoctete, il lui offre son
appuy, lui promettant de le deffendre de la fureur
du Peuple, à quoy Phyloctete ne répond que fort
incivilement, & par là Oedipe commence à se
dementir. Dans le même acte Oedipe ayant ap-
pris de la bouche du Grand-Prêtre quil est le
meurtrier de Laïus, entre dans un emportement
qui n'est pas pardonnable, & vomit des injures
contre un homme, qui par le caractere dont il étoit
revêtu, devoit attirer son respect & sa veneration;
un moment aprés le voilà tout autre, il est maître
de ses transports, il commence à ajoûter foi aux
paroles du Grand-Prêtre, il entre en soupçon de
lui-même, ne voilà-t-il pas une contrarieté : enfin
dans le dernier acte la fureur & l'impieté d'Oedipe se manifestent.

Impitoyables Dieux, mes crimes sont les vôtres.

Et vous m'en punissez...

Je crois avoir assez montré que le caractere
d'Oedipe n'est pas parfait, tout le monde en con-
vient ; il n'y a que l'Auteur qui s'obstine à le vouloir justifier : mais il n'y réussit pas mieux que
dans le reste.

Sans comparer le Grand-Prêtre *au Docteur de la
Comedie Italienne*, je prétend montrer le mepris

C

avec lequel on le traite, & les injures dont on
l'accable à tous momens & avec tant d'injustice; à peine a-t-il fait connoître le meurtrier de
Laïus, que Jocaste le dément, Oedipe lui donne
les noms les plus outrageans qu'on puisse imaginer; il le traite d'Imposteur, de Sacrilege, de
Traitre & d'indigne menteur, si-tôt qu'il est sor-
ti de dessus le Theatre, le Confident d'Oedipe se
déchaine aussi contre lui : Jocaste dans la premiere
Scene du quatriéme Acte garde encore moins de
menagement qu'elle en a gardé en sa présence ; de
sorte que de quelque côté que vous le preniez,
vous le voyez toûjours traité avec indignité.

L'Apologiste oppose cependant le Tiresie de
Sophocle au Grand prêtre de M. de Voltaire, &
prétend nous faire juges de la difference des ca-
racteres qu'on leur donne. Voilà nous dit-il avec
assûrance la maniere dont Oedipe traite Tiresie
dans Sophocle.

Avec quelle impudence as-tu enfin inventé cet im-
posture?
Qui a suscité contre moy ce vieux Enchanteur, cet
Imposteur. . . . .

Les tenebres où tu es plongé te sauvent la vie. Sans
ton aveuglement on te verroit aujourd'hui pour la der-
niere fois.

Va malheureux vieillard, retire-toy, sors de ce
Palais.

Quoi-que ces termes paroissent fort offençans,
je trouve ceux de l'Oedipe de M. de Voltaire
beaucoup plus injurieux, & ils me paroissent de-
celer plus d'impieté; les voicy que je rapporte.

& j'en attens la décision du Lecteur , sur le jugement duquel il y a plus de fond à faire que sur celui de l'Auteur.

Voilà donc des Autels quel est le privilege,

Imposteur; ainsi donc ta bouche sacrilege,

Pour accuser ton Roy d'un forfait odieux ,

Abuse insolemment du commerce des Dieux.

Traître, aux pieds des Autels il faudroit t'immoler,

A l'aspect de tes Dieux que ta voix fait parler.

Si ton sang meritoit qu'on daignât le repandre ;

De ton juste trépas mes regards satisfaits

De ta prédiction previendroient les effets.

Fui, d'un mensonge indigne abominable Auteur.

De-là je crois devoir conclure que la comparaison de l'Auteur n'est pas juste ; mais ce seroit pour me servir de ses termes : *insulter le bon sens que de m'amuser à répondre plus au long à de pareilles objections.*

A l'exemple de l'Anonyme , *je l'exhorte à se reconcilier avec luy-même, à rendre à chacun ce qui lui est dû ,* sans vouloir indiscretement & avec temerité reprendre chez les uns ce qui est au-dessus de la censure, & justifier chez les autres les endroits, dont les Auteurs ont reconnu eux-mêmes les défauts.

Le jugement qu'ont porté les Messieurs de l'Anonyme *sur le mepris qu'on paroît avoir pour la Religion dans le nouvel Oedipe ,* me paroît bien fondé ; & quoi-que je sois bien éloigné de penser avec l'Apologiste , *que cela decele l'impieté de l'Au-*

teur ; je ne puis m'empêcher de faire remarquer les endroits, qui, *sans être Athée*, me rendent méprisables les Dieux des Thebains, & je veux les montrer, sans paroître trop éplucher l'Ouvrage.

ACTE PREMIER.

SCENE PREMIERE.

Et dis-moy si des Dieux la colere inhumaine ,
A respecté du moins les jours de vôtre Reine.

La colere des Dieux doit être juste.

La famine a cessé, mais non leur injustice.

Les Dieux sont incapables d'injustice.

Vient conjurer des Dieux le courroux obstiné.

Je n'avois pas encore entendu dire que les Dieux fussent obstinez.

ACTE II.

SCENE III.

Et du Sphinx & des Dieux la fureur trop connuë
Les Dieux ont-ils jamais entrez en fureur ?

SCENE V.

Ne nous fions qu'à nous, voyons tout par nos yeux ;
Ce sont là nos Trepieds, nos Oracles, nos Dieux.

C'est là témoigner un si grand mépris pour sa Religion, que dans la veritable cela s'appelleroit n'avoir ni Dieu, ni foy, ni loy.

ACTE III.

SCENE V.

Fortement appuyé fur des Oracles vains,
Un Pontife eft fouvent terrible aux Souverains.

Chez les Payens, qui ne croyoit point aux Oracles , ne reconnoiſſoit point de Dieux.

ACTE IV.

SCENE PREMIERE.

Ah! d'un Prêtre indiſcret dédaignant les fureurs,
Ceſſez de l'excuſer par ces laches terreurs.

Jocaſte peut-elle parler du Grand-Prêtre d'une
maniere moins reſpectueuſe , & ne fait-elle pas
croire qu'elle n'a pas grande Religion.

Nos Prêtres ne font point ce qu'un vain peuple penſe,
Nôtre crédulité fait toute leur ſcience.

Cela s'appelle n'avoir aucun reſte de religion.
D'un Oracle impoſteur la fauſſe obſcurité,
. . . .   Oracles que j'abhorre.
. . . .
O d'un Oracle faux obſcurité trompeuſe !

Ne conviendra t - on pas que c'eſt là porter
l'impieté juſqu'à ſon comble.

ACTE V.

SCENE II.

Contre un foible mortel épuiſer les miracles,

Il falloit que ce ne fut que des demy-Dieux,
puiſqu'ils ne pouvoient faire qu'un certain nombre de miracles.

SCENE IV.

Le voilà donc remply cet Oracle éxecrable.

.   .   .   .

Un Dieu plus fort que moi m'entraînoit vers le crime,
Sous mes pas fugitifs il creuſoit un abîme,
Et j'étois malgré moi dans mon aveuglément,
D'un pouvoir inconnu l'Eſclave & l'inſtrument.
Voilà tous mes forfaits, je n'en connois point d'autres,
Impitoyables Dieux, mes crimes ſont les vôtres,
Et vous m'en puniſſez . . . .

Je ne releve point l'irreligion qu'Oedipe fait
paroître dans cet endroit, parce que les fureurs
auſquelles il eſt livré, font excuſer toutes les im-
pietez qu'il profere.

SCÈNE DERNIERE.

La mort eſt le ſeul bien, le ſeul Dieu qui me reſte.

.   .   .   .

J'ay fait rougir les Dieux qui m'ont forcé au crime.

On peut dire à entendre prononcer les dernie-
res paroles de Jocaſte, qu'elle meurt en veritable deſeſperée.

La maniere dont l'Auteur pretend prouver que la Religion n'est point meprisée dans le nouvel Oedipe le rend lui-même suspect d'irreligion.

Je suis persuadé que sans la nouvelle Tragedie d'Oedipe, l'Auteur de l'Apologie n'auroit pû par lui-même exciter la curiosité du Public, il est certain qu'il n'a saisi cette occasion d'écrire & de mettre au jour cet ouvrage que dans l'esperance qu'on se donneroit la peine de le lire, & qu'il se tireroit par là de l'obscurité où il avoit toûjours été, & d'où il ne sortiroit jamais, s'il n'enfantoit rien de plus sensé.

FIN.

APPROBATION.

*J'AI lû par ordre de Monsieur le Lieute-nant General de Police, un Manuscrit qui a pour titre : Réponse à l'Apologie du nouvel Oedipe, par M. M ***. dont on peut permettre l'impression : A Paris, ce 12. May 1719.*

PASSART.

Vû l'Approbation du sieur Passart, permis d'Imprimer, ce 14. May 1719.
DE MACHAULT.

REGISTRE' sur le Livre de la Communauté des Libraires & Imprimeurs de Paris N° 1110. conformément aux Reglements & notamment à l'Arrest de la Cour du Parlement du 3. Decembre 1705. A Paris le 20. May 1719.

DELAULNE, Syndic.

9 782019 221669